바람에 흔들리고 비에 젖어도

바람에 흔들리고 비에 젖어도

정순애 시집

「비오는 날이면 바람 부여잡고 시의 무등을 탄다」

시인의 말

비 오는 거리를 걷다 보면 보이지 않는 세상이 보인다.
빗방울 속에도 저마다 아우성이 마주하고 있다.
한 쪽 눈을 슬며시 감으며 어깨에 매달린 친구를 안는다.
듬직한 그를 보며 만지작거린 손놀림이 바쁘기만 하다.
설렘 가득한 순간이다.

우리는 어느새 말없이 수년간 같은 길을 걸으며 함께하고 있다.
같이 있는 것만으로도 행복을 느끼는 시간이다.
때로는 비와 동행하며 흐릿한 날도 있었다가 금방 맑아지고
시린 바람 어깨에 감싸며 동무처럼 안아 주기도 한다.
삶 속에서 물방울 업고 힘겨운 시간을 보내다가도 아름다운 무지갯빛
타고 힘차게 가기도 한다.

이처럼 「바람에 흔들리고 비에 젖어도」는
순수한 감성과 감각으로 시대를 살아가는 사람들의 굴절된 삶의 형태를
표현한 작품으로 코로나19 팬데믹으로 삶의 길을 잃고 피폐해진
몸과 마음을 위로하고 희망과 용기를 주고 싶은 마음을 「비」라는
매개체로 표현했다.

무엇을 하려는지 힌트도 없고 정답도 없다.
그저 가슴으로 표현하고 사진으로 치유한다.

그와 함께한 15여 년, 심쿵하고도 벅찬 세월
비의 행진곡 들으며 삶의 아픔들을 빗방울로 토해내고
바람에 실어 보낸다.

이제
손끝으로 바람의 스침 느끼며
마음 담은 시의 나래를 펴서 세상 밖으로 나오려 한다.

오늘도
바람에 흔들리고 비에 젖어도
그와 함께
시의 무등 태우고 언제나 그렇듯 어김없이
그곳으로 함께 달려간다.

2021년 12월 어느 날

청도 & 운당 정순애

차 례

1장
·····
바 람

오늘도
그대를 기다리는 바람은 분다
흔들리는 마음은 어느 사이
너에게로 달려가고 있다

2장
⋮
물방울

밤새 그리움에 시달렸던
잎사귀에 내일을 태우고
바람 소리에 노 저어
그대에게 간다.

3장

·····

빗소리

언제나 그 자리
다가서지 않아도 느낄 수 있고
만지지 않아도
전해져 오는 그리움

4장
· · · · ·
마음 적신다

묵은 추억이
서서히 다가와
잡히지 않은 젊음과
마주하는 시간

1장

. . . .

바 람

오늘도
그대를 기다리는 바람은 분다
흔들리는 마음은 어느사이
너에게로 달려가고 있다

빈 의자 위의 낙엽

슬픈 노래 철새 등 업고
어디서 날아왔니

바라보던 살가운 구름도
오렌지 빛 살그머니 내어 주며

이곳에 머물 시간이 얼마더냐
언제 가버릴지 모를 너

바라보는 빛 한줄기도
허전함 이기지 못해 곁에 앉는구나

무슨 얘기 나누는 걸까
첫사랑 그리워한들 외롭지 않아
따스함으로 가득 안아 주니

맴도는 까칠한 바람이
서성인가 싶더니 어느새
물그림자 위로 사라져 버리네.

겨울바람

콧등 간지럽히는 당신 내음이
생글생글 웃으며
마음속 깊이 파고든다

구비구비 휘돌 때마다
가슴은 어느새
푸르름으로 가득 차 있다

손끝으로 전해지는
당신 내음의 짜릿함이
잔잔한 호수 흔든다

함께 거닐었던 그 길
어느 사이 비어 있는
어깨 위로 내려 앉는다.

바람과 거닐다 1.

뒤뚱뒤뚱 뒷짐진 풀향이
하천 굽은 길 따라
흘러가는 세상 이야기
귀에 담는다

홀로 웃다 찡그리고
사르 사르 헛기침하며
실 같은 눈으로 쳐다보다
휭 앞질러 간다

눈부신 꽃내음 부러운 듯
굴곡진 세월 어루만지며
애꿎은 돌멩이만 툭 차다

힘없는 벤치에 앉아
두리번 두리번 거리며
그를 불러 본다

껄껄껄 웃으며 곁에 다가가서
지친 맘 달래듯 살포시 안아 주며
쓸쓸한 가슴에 청량수 뿌려 주고는
같이 동행하자며 일으켜 세운다

등 떠미는 손길
마주하는 길목
요염한 꽃들의 향연보다
늘푸른 내음이 곱다며
꼬옥 깍지 낀 채 걷는다.

바람과 거닐다 2.

땅거미 질 무렵
합창으로 읊조리는 갈매기 가락
바다를 휘감고 있다

흔들리는 마음
한 올 한 올 엮어
그물망 채우고
빠알간 등대 위로 올라선다

휘날리는 머리카락
만지작이며
메마른 입술 달싹일 때
구름 속 숨어 있던 빛줄기
추억 타고 내려와
기다림 속을 애태운다

갯벌에
우두커니 앉아 있던 바위
따스하게 안아 주며
오렌지빛으로 수놓은
마포 덮어 준다

물줄기 사이
수줍은 듯 붉게 타오르다
미소 머금어도
모른 척 뒤로한 채
방파제 위를 나란히 거닌다

보이지 않아도
만지지 않아도
늘
느껴지는 그 내음
가슴 위에 놓아둔 채.

마지막 잎새

밤새워 외로움 키우며
홀로 매달려 있는 영혼의
애처로움 물끄러미 쳐다본다

가녀린 생각들
가을 속으로 떠날 채비하고
젖어서 힘겨워 날지 못하는 친구들
어디론가 추억 찾아 발걸음 재촉한다

한 줌의 흙 되어
이름 없는 풀꽃과 새로운 인생길 찾아갈지
죽음 기다리는 사람에게 희망의 매듭 묶을지
내일이면 뭉클한 시간으로 바뀔지 모른다

멋쩍은 웃음 지으며 잡을 듯 말 듯
놓지 못하는 안타까움이
먹먹하게 소용돌이치며 마음잡는다

한들거린 바람결에도 쉽게
처져버린 어깨가 안쓰러움 가시기도 전
버거움 감추지 못하고 고개 떨군다

뚜벅 뚜벅 노랗게 수놓은 거리 같이 거닐며
내민 따뜻한 손 위 살포시 내려 앉아 잡은
손길이 한가슴 뛰게 한다.

어느 시월에

고샅 날아든 영혼 한 잎
이리저리 뒹굴며 미소 머금은 채
뜰에 머물러 서 있다

가지에 걸쳐 있던 여문 생각들
무거움 살포시 내려놓고
바람이 옷깃 세우며 낙엽 위에 내려 앉는다

그리움 떨쳐 버리고
오색으로 살가운 가을 사랑
열린 창틈으로 슬며시 나와 동행한다

떨어진 추억도
지나온 시간 주워 모아
노랫말 새긴다

아련한 마음이 스며들어
감동으로 물결치며
걸어온 그 길 비추어 본다

가을이면 너도 나도 하나되어
옹기종기 버거운 어깨 감싸주며
마루의 따사로운 눈빛이 녹여 준다.

군고구마

찬바람 머리에 이고
터덜터덜 속내음 태우며
기다림 등지고 서 있는
당신의 뒷모습

굴 속에 얽매인 선홍빛
아픔 하나 서글픔 하나로 쌓이며
데인 상처 두드리고 삭이는
당신의 쓸쓸함

하얀 눈이
희긋희긋 머리 덧칠하여
세월의 계곡으로 보내도
두 딸 웃음소리에 바보처럼 서 있는
당신의 버팀목

인생에 취한 듯 술에 의지하여
비틀거린 발걸음에 장단 맞추고
모닥불에 마음 지피며 흥얼거리는
당신의 행복

모락모락 익어 간 사랑을
봉지에 담아 행여 식을까
가슴팍에 폭 감싸 안고 달리는
당신의 고마움.

가을의 길목

힘들게 뻗친 손 마주잡고
둥근 꿈 가득 실어
담쟁이넝쿨과 바람이 그네 탄다.

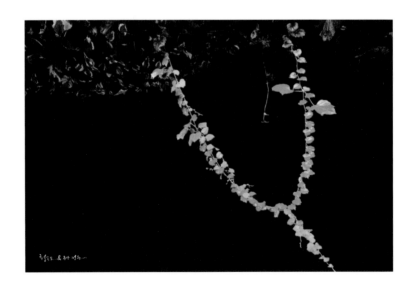

바람

흩트러진 내음 따라
하늘 하늘

논두렁 밭두렁 어슬렁거린
농부의 한숨 소리에
멍하니 서서 기웃거리더니

숨고르기도 힘들어 보이는 주름살 아래
얇은 미소 띄우는 그에게
가볍게 어깨 두드려 준다

쿵쿵거린 뿌듯함 날리며
가려던 푸른 하늘 잡아 놓고
잠시나마 그에게 위로가 되어 준다.

흔적을 찾아서

한 자락 한 자락
흐노는 구름 모여들고
나릿물 흐르는 노랫가락 날아와
귓전에 속삭인다

꼼지락 꼼지락
홑씨들이 분주히 서성이고
고개 떨군 마음 훅 날려
바람에 실어 보낸다

가다 보면
때 묻은 세상 훌훌 벗어 던지고
가시 찔린 추억 꿰매 주며
흔들린 사랑 곱게 감싸 준다

버거워 내려앉은 구름도
우산 받쳐 주며
스담스담 햇살 아래 앉히고
잠시 쉬어 간다

어슬렁 어슬렁
그리움 날아들면
낯설지 않은 웃음이 바람 타고
발자취 찾아 다시 난다

어서 오라
가려진 인연의 언덕에서는
하얗게 내리는 는개
길 열어 주며 손짓한다.

바람이 분다

수평선 저편도
오고가는 가슴 적시며
한없이 울어댄다

사뿐사뿐 날아들어
손길 어루만지듯 어느새
떨림의 입맞춤한다

길고 긴
목소리로 속삭이면
우리는 하나가 된다

푸념 속의 굴레 벗어나
젖가슴에 묻힌
아련한 전율이 온몸 휘감는다

때론
시린 첫사랑 맴돌며
영롱한 추억 움켜잡고
설렘에 젖는다

함께하는 시간
별빛 하나 하나 주워 담아
사르르 녹아내리고 있다

지그시 감은 수평선 위에
물안개 흩뿌리듯

가슴 적시도록
뭉클해지는 맘 내려놓고
백년이라도 울고 싶다.

소나무

겨울의 문턱 넘어 산 허리춤 이르니
마중나오듯 안개비 속삭이며
뿌옇게 손을 흔든다

엊그제 바라본
수척한 모습 보이질 않고
생기 발랄함 눌러 쓰고
지긋이 서 있다

때론 빗나간 날카로움으로
한 켠 후비며 난도질하더니
빛내림 속에 우뚝

어디론가 발돋음 치려는 듯
동동이는 몸짓 지탱해 주며
꿋꿋하게 버팀목이 되어 준 당신

허덕이며 목마른 생보다
가는 길엔 안개비 걷히고 푸른 향 바람 부는
언덕 위로 한 발 한 발 올라선다.

승천보 가는 길

강둑 따라 파란 꿈 등에 지고
하얀 속내음 내비치며 다가와
살며시 무언의 메시지 전하고
가슴에 스르르 스며드는 빗줄기
영글어 굴러가는 하늘 아래
잎새들의 작은 재잘거림이 정겹다

옥죄고 있는 굴레에서
빈 껍데기 훌훌 벗어 던지고
다가서는 바람 소리
차창으로 뛰어 내리는 수줍음
혼자 아닌 둘 되어
맞잡은 손이 떨린다

구름빛 타고 올라
잿빛으로 수놓은 하늘 아래
강가에 비친 낯익은 얼굴 쳐다보며
풀피리 소리처럼
세월이 출렁이는 이곳에
푸르른 추억 새긴다.

한 번쯤

한 번쯤
모든 것 다 내려놓고
꽃바람 태워 깍지 낀 손 느끼며
머나먼 길 한없이 달려가고 싶다

한 번쯤
매지구름 뒤에 숨어
허공 거니는 거짓 떨쳐 버리고
잔 스침에도 울림 더하는 가슴이고 싶다

한 번쯤
훅훅 녹음 들이키며 강둑 잡초 되어
긴 머리 휘날리며 얽히고설키어
남모를 사랑에 취해 보고 싶다

한 번쯤
민낯 뒤 숨어 엿보며
새침때던 속살의 부끄럼도
눈웃음 지으며 다가서는 여자이고 싶다

한 번쯤
기다리는 빗줄기 따라
흔들이는 마음까지 온통
그대에게로 달려가고 싶다.

가을을 보내며

슬며시
겨울을 불러옵니다
가슴 활짝 열고서

휘황찬란한
지난날을
아쉬워하며

맘껏 뽐내던
추억을
휘휘 날려 보내며.

신발

나란히 걷던 수평선이
엇박자로 통통 튀며
같이 걷자니 멈칫 서서 쳐다본다

아픔과 함께 걸으며
부어오는 심장에 수없는 상흔 새기고
길잡이도 되어야 하기에

번들거림이 먼지 속에 희석되어
까칠하고도 도도하게
자유로운 혼 되어 뛴다

달빛 만나러 가야 하나
새벽부터 고민에 빠진다
어디로 갈까
아니면 누가 올까
바람 따라 꽃잎 한 송이 오려나
진흙탕에서 허우적이려나

설레고 기다리며 살아간다
늘 가는 생의 터널 길이지만
만나는 스침 늘 다르기에
두근거린 연속

시간이 흐를수록 어색한 만남도
오랜 친구로 남아
손 맞잡고 걷던 장단이
마냥 어깨춤 들썩이게 한다.

바람처럼

당신
참으로 야속합니다

어느새
한들거린 먹구름 사이로
가녀린 몸 감추고
찾아오라 풍경 소리만 들려줍니다

당신 그 목소리
산사 뒷자락으로 부릅니다

덩달아 설렘 품고
안개의 올가미 하나하나 헤쳐 가며
빼꼼 내다보지만 보이지 않았습니다

당신
애타게 그립습니다

당신 숨소리만 들어도
이 마음 춤을 춥니다
당신 사무침 꽃잎에 새겨
슬며시 추억 한 장 남겨둡니다.

눈바람

좌표도 없는 돌 틈
들풀에게
외로움 한 올 찾아든다

빛이 사라진 지 오래
먼지로 뒤덮인 차가운 무릎 위로
하이얀 웃음 걸터앉는다

꽁꽁 얼어 버린 맘
살그머니 기대는가 싶더니
스르르 쓰다듬으며 온기 전한다

한참 망설이던
눅눅한 생각
친구라서 좋다

언젠가는 따사로움 찾아
긴 고개 내밀며
세상 밖으로 나오겠지

굵게 파여 헤진 상처 만지며
오늘도
너를 맞으러 한 발짝 나선다.

하늘 그 아래 살며시 보낸 날

닿을 듯 말 듯
조각조각 흩어진 지난날
이리저리 모읍니다

오랜 손길로 헤쳐
벗겨져 버린 아픔마저도
감싸 안으며 덧칠합니다

가슴 파고들어 쌓인 그리움
돋아나게 할지 모른 뭉클함도
차곡차곡 쌓아 둡니다

허기진 마음 밤새도록
떠날 차비 하려던 시간마저 돌아오도록
바람결에 부탁합니다

모두 모인 하나의 추억 속 빈틈에
쌓여 가는 깊이를 만지며
쓰윽쓱 묻은 먼지 닦아 줍니다

떠돌이 되어 초승달 머금고
걸어가는 이 길이 어둡지 않음은
붙잡아 둔 날들이 함께하기 때문인가 봅니다.

겨울바다

푸른 하늘빛 바닷가
수심 속에 고인 듯
몰래 두고 간 그리움이 침묵하다
허연 물거품으로 올라오고
슬쩍 왔다간 사랑도
멋쩍은 웃음 되어 윤슬로 다가온다

외로움 지우려 저 멀리 수평선에서
걸어오는 바람 소리
빨갛게 상기된 볼에 입 맞추니
떨림 감추려는 듯
머리카락도 덩달아 장단 맞춘다

모래사장 솟대들
사연 품고 밀려오는 파도
못다 한 넋두리 묵묵히 듣고 서 있는데
갈매기 이리저리 오가며
지치지도 않고 쏘다닌다

그대
아무리 넓다 한들
가슴에 품을 수 있는
내 작은 호수만 하리요.

홍매의 연인

새벽 터널 누리는 안개 사이
하얀 미소로 다가서는
당신

기다림으로 수놓은 그 길에서
마른 가지 끝자락 홀로 기대다
야윈 몸에 걸친 누더기 벗어 버리고
수줍음 가득한 선 드러내는
당신

웃는 듯 머금은 청초한 눈빛
와인 한 잔 마신 듯 붉어진 몸짓 위에
겹겹 쌓여 간 사랑이 붉게 타 버릴 것 같아
감추려는 듯 살포시 감싸 주는
당신

바람에 이끌려 돌담으로 흘러가는 시간
벌벌 떨며 새어 나오는 거짓된 마음도
구멍나 허기진 사이 비집고 들어오는
바람마저 안아 주는
당신

부끄러운 눈빛으로 힐끔 쳐다보며 비췬 모습
애닯게 기다림을 배우게 하고
누가 뭐라든 굳건히 함께하며
오늘도 곁에서 환하게 웃어 주는
당신.

등대

바다 끝자락에서
외로움 배운다
해풍의 질책에도
아랑곳하지 않고 덩그러니 서 있다
하늘보다 더 짙은 바다 품고
너그러운 마음 베풀며 초행길에도
늘 한결같이 바라보고 있다
고즈넉할수록 진하게 내뿜는
듬직한 빛 자락
길잡이 되어 준다
얼어붙은 심장도
붉은 외투 챙겨주며
먼지 쌓인 시간도
눈물로 허우적대는 안녕
돌고 돌아 잃어버린 사랑의 시작점마저
말없이 찾아 준다
유혹하는 바람의 스침
콧등의 셀렘에 기대어
뜨거운 전선으로 나간다.

통증

뿌연 안개 동반하고
끝바람 타고 내려앉더니
제 것인 양 파고든다

누구 하나 반기는 이 없어도
가슴팍에 자리잡고서
연약한 줄기 따라
밖으로 나가려 한다

쓸쓸한 차창 너머
빛이 한 발 한 발 다가서며
안쓰러운 듯 쳐다본다

향기 없는 세계인데
뭐하러
스며들어 올까

혹독한 외로움으로
찾아든 체취가
별빛의 따가운 눈총도 져 버리고
잠 못 이루게 한다.

첫눈 오는 날

별빛 하나 없이 촉촉한 밤
보일 듯 말 듯
하얀 행복이 날아든다

어깨에 앉는가 싶더니
잡으려면 어느새 사라지고
우두커니 서 있는 가로등 옆에서
차가운 손 지핀다

닿지 않는 마음 녹이려 다가서면
안타까운 듯 소리 없이 빛 내주며
눈웃음 짓고

실눈 뜬 채
홀로 떠 있는 초생달은
인자한 미소로 내려다본다

한밤중이 되어서야
마음 풀렸는지
눈앞에 아른거리며

등빛 베고 누운 자리
추억 감싸 안고
함께 밤을 지새운다

옷자락 부여잡고
알지 못하는 집착
홀로 삼키며

침묵으로 파고든 낡은 상처
털어 버리려
한 줄기 빛 태워 떠민다

익숙해진 손놀림에서 헤어나
훨훨 흩뿌려진 무게 밟고서
환생의 끈 푼다

또 다시
바람이 분다.

빈 의자 위의 낙엽

슬픈 노래 철새 등 업고
어디서 날아왔니

바라보던 살가운 구름도
오렌지 빛 살그머니 내어 주며

이곳에 머물 시간이 얼마더냐
언제 가버릴지 모를 너

바라보는 빛 한줄기도
허전함 이기지 못해 곁에 앉는구나

무슨 얘기 나누는 걸까
첫사랑 그리워한들 외롭지 않아
따스함으로 가득 안아 주니

맴도는 까칠한 바람이
서성인가 싶더니 어느새
물그림자 위로 사라져 버리네.

겨울바람

콧등 간지럽히는 당신 내음이
생글생글 웃으며
마음속 깊이 파고든다

구비구비 휘돌 때마다
가슴은 어느새
푸르름으로 가득 차 있다

손끝으로 전해지는
당신 내음의 짜릿함이
잔잔한 호수 흔든다

함께 거닐었던 그 길
어느 사이 비어 있는
어깨 위로 내려앉는다.

2장

· · · · · · ·

물방울

밤새 그리움에 시달렸던
잎사귀에 내일을 태우고
바람소리에 노저어
그대에게 간다.

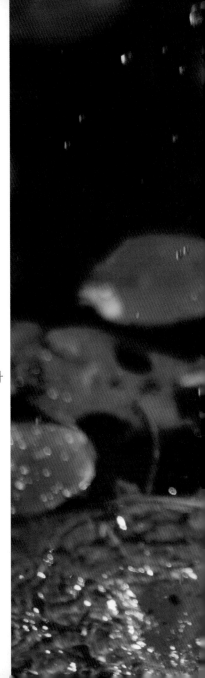

물방울

이른 새벽
투명한 아우성이 고개를 기웃기웃

비록 초대받지 못한 아침이지만
사글사글 맺힌 생각의 침묵에서 깨어나

밤새 그리움에 시달렸던 잎사귀에 내일을 태우고
바람 소리에 노 저어 가 보렵니다

지치고 목마름에 허덕일 땐
잔잔한 미소로 행복한 향기 가득 담아 띄우렵니다

여인의 미묘한 가슴인 양 만지면 터질 것 같아
닿을 듯 말 듯 다가서지 못함을 못내 아쉬워하며.

안개 낀 오솔길

시간의 내음 따라
한 발씩 내디딘 발자국
빗방울 소리 들으며 나아간다

딱딱한 아스팔트 길 걷다
삐긋한 발목이 곁눈질하며
돌아가라 눈치하지만

가야 할 곳 있어
또 다른 길로
가쁜 숨 고르며 오른다

언제부터인지
폭신한 흙내음이
발끝에서부터 서서히 파고든다

하얀 속살 드러낸 안개
언덕 언저리에서
미친 듯 나불대고

새들은
푸릇한 나뭇가지에서
길 안내하느라 여념이 없다

속삭이며 다가와 더듬더듬
올가미 치듯 마음 동여맨 안개비
그 속에 고개 숙인 고사리가 웃고 있다

짙푸른 잎사귀도
가는 길에 머금은 물줄기
뿌려 준다.

풀꽃

풀꽃 여명 싫어하는
여릿한 여인이 있습니다
늘 그렇듯

노을 질 때면
팽팽해지고 어둑해진 거리
두리번거리다 쪽잠 듭니다

바람 한 점
옆구리 찌르며 어깨 포개지만
아무런 미동이 없습니다

홀로 지낸 그리운 밤
감싸 안으며 메마른 마음에
촉촉한 입김 넣어 줍니다

달콤한 사랑이
흠뻑 덧칠하여 온몸 타오르건만
가녀린 몸뚱이에
알알이 청초한 방울 맺힙니다.

시인의 마을

담쟁이넝쿨 넘어
초록빛 꿈들이
날아든다

행복한 웃음도
뭉클한 마음도
날아든다

저마다 애기 보따리
풀어 헤치며
날아든다

풀어도 풀어도 끝없는
여러 빛깔의 세상으로
날아든다.

바람에 흔들리고 비에 젖어도

수평선 디딤돌 삼아
한 발 한 발 나란히
무지갯길 걷는다

스치는 바람결에
흔들리는 다리
저 멀리서
햇살이 스멀스멀 다가온다

눈부신 빛 자락이 버거운지
안개가 스며들어 추운 건지

가던 길 멈추고 그가 오기까지
구름에 걸터앉아
기다림 속에 발장구친다

산들바람이 살포시 기대고
입김이 모락모락 꽃송이 만들면
살짝쿵 매달린 사랑이
한 방울 그리움 되어 속삭인다

가슴에 품은 마음 새기며
시들어 간 지난날 위에
비가 내리기 시작한다.

기다림

한 줄기 목마름도 잊은 채 바라보는 사랑
수선화도 시샘한 끝없는 사랑
살포시 내려앉아 어화둥둥
천년의 꿈 나눈다.

소주 한 잔

긴 겨울 홀로 지내다 기다림 참지 못하고
모퉁이에 찾아든 눈까비
말없이 빈 어깨 위 날아들며 기댄가 싶더니
조그마한 투명 우물가에 빠져 버립니다

부딪히는 소리에도 허전함이 울려 퍼져
감춰진 그리움과 함께
달콤하게 속삭이며 부딪치다
콧잔등 새꼬롬하니 불어대는 바람 한 점도
히죽이며 웃어 댑니다

오는가 싶더니 사라져버린
소심한 눈까비의 흔적 찾아
두리번거린 마음을 그 누구도 모른 채
하얀 내일을 목놓아 노래합니다.

꽃바람

흔들린 몸 일으켜 세워 펼친 시간
그리움 되어 영글어 있다

자리잡지 못해
세월이 한 겹 한 겹 쌓여
스치는 바람의 속삭임에도 넘어가
훅 떨어진 꽃잎의 눈물이
거리를 맴돌고 있다

버거움 느끼며 스쳐 지나간
매지구름 뚫고 한 줄기 빛 되어
촉촉한 손길 내밀며 다가서는
빗줄기

한때는
비정한 바람인 줄 알던 그가
비어 있는 맘 채우며
지친 몸 지탱해 주고
함께 가자 붙잡아 준다

한 가닥 망설임도 부끄러워
속절없다는 듯 툭 떼어주며
지친 세상 향해 한껏 날은다.

하나의 세상

한 가닥의 풀섶
이른 새벽부터 일어나
무더위와 산책한다

가만히 그 속에 끼어들어
같이 걷는다

항아리 속에 핀 보라빛 그리움이
고개 내밀며
부럽다는 듯 유심히 바라본다

그 앙징맞은 모습에 발길 접고
치마폭 사이 내비친 미소 힐끗 쳐다보며
앵글 속으로 담는다

만지작거리며 간지럽히는 땀비가
엉클어진 머리 스담스담
스며드는 체온이 뭉클함 느낀다

흐르는 사랑 줄기가
어느덧 하나 되어
가슴 깊이 파고든다.

늪

허공 속 거니는 녹음 따라
새벽 옆에 사알짝 다가서며
물안개랑 나란히 걷는다

보일 듯 말 듯
닿을 듯 말 듯
스치는 설렘이 가슴 한켠
자리잡고 바라본다

황룡강 젖줄기에서 뻗어 온
물안개의 구애도
제 것인 양 앵초꽃 품는다

반 뼘씩 자라던 잎사귀
질투하듯 님 기다리며 불쑥불쑥
힘없는 허리를 편다

무에 그리 재미진지
실실 나풀거린 버드나무 옆에 기대
거친 숨 내뿜는다

가도 가도 끝없이 잔잔한
또 하나의 미궁으로
오늘 한없이 빠져든다.

수술방 가는 길

살아온 시간이
가쁜숨 고르며
빛줄기 한 올 따라나선다

덜그럭 덜그럭
두려움 덮은 침대 위
소녀처럼 양 갈래머리 땋은 채
묵묵히 바라보는 시선들 제치고
긴장 속으로 들어간다

창문 너머 구름 조각들
힘 불끈 쥐며
푸른 웃음으로 속삭인다
"힘내! 괜찮을 거야"

뒤엉킨 속내 차오르자
서글픈 전율이
휘그르르 온몸 휘감는다

어느 하얀 골방 다다르자
차가운 냉기가 스며들며
생명줄을 감싸 안는다

눈부심 불빛이 내리쬐자
말없이 흐르는 눈물
초대받지 못한 이방인 만나러
질끈 두 눈 감는다.

항아리

깊고 깊은 어둠 속으로
하이얀 눈방울이 소리 없이
내려앉습니다

울림이 없어도
고스란히 한구석에 자리잡고
보이지 않는 틈으로 세상을 봅니다

이 녀석 아프지나 않으려나
뭣이 그리도 애타는지 내다보며
마른 주름이 또 하나 접어집니다

그 텁텁한 손으로
동치미 꺼내 들며
멋적은 미소 머금고 바라보는 붉은 얼굴

쭈글 쭈글거린 그 안에서
또 하나의
매달린 사랑을 보았습니다.

봄비 1.

산과 들 연둣빛이 소롯이 일어서면
푸석한 사랑 줄기 목마름 달래 주고
촉촉한 입맞춤으로 잠 못 드는 홍매화.

색소폰

여름 끝자락 저편에서
오고 가는 바람마저 발길 멈춰 버린 채
가슴 적시며 한없이 울어댄다

금빛 가루 날리듯 사뿐사뿐 날아들어
따스한 손길 어루만지며 어느새
무너져 버린 한 묶음 내려놓으며
살포시 떨림의 입맞춤을 한다

길고 긴 체온
애절한 목소리로 속삭이면
하나가 된다

푸념 속의 굴레 벗어나
젖가슴에 묻혀 잠든 것처럼
아련한 전율이 온몸 휘감는다

때론
마음 시린 첫사랑 기억 맴돌며
영롱한 추억 움켜잡고 쓴웃음으로
설렘에 젖는다

혼자 아닌 둘 되어 함께하는 음률
모래알 발자국인 양
사르르 녹아내리고 있다

별빛 하나 하나 주워 담아
지그시 감은 수평선 위에
물안개 흩뿌리듯

가슴 적시도록 뭉클해지는
한쪽의 맘 내려놓고
백 년이라도 울어 보고 싶다

환락에 취하여
허우적거리며 뒤틀려가는
지표마저 흔들어대며.

초록색시

수줍은 긴 목 쓰욱
포송한 살결
살며시 내비치며
옹알거리듯 내민
얼굴

아지랑이 타고
날아든 꽃망울
꽃등에서
춤을 춘다

머잖아
온 세상 물들일
핑크빛 웃음방울
휘휘 날리며.

그리움

깊어가는 가을밤
살포시 찾아온
한 줄기
소슬바람

하이얀 속내음 들킬세라
얼룩진 방울
차웁게 훔친다.

빗물

갓 피인 소녀의 맘속 골짜기로
감춰버린 상흔이
한 방울 눈물 되어 매달려 있다

속앓이 하는 푸념도 둥둥 떠다니는
영근 방울과 함께 어찌지 못하고
쓰라린 맘 태우다 떨어진다

참으려다 참으려다
이겨내지 못한 몸짓 기대며
한없이 흐르고 있다

향기 없는 화려함으로
배랭이꽃의 여린 틈으로 헤집고 들어가
풋풋한 꽃바람 타고 떨어진다

꽃배 타고 흐르다 보면
젖어 있는 생각들
하나씩 하나씩 떨쳐 버린다.

행복날씨

해질녘 담장 넘어간 아우성
울긋불긋
마음 토해내기 시작하고

어디선가 밀려든 외로움
잿빛 하늘 아래
홀로 우두커니 서 있다

가까이 하려던 속내음마저
저 멀리
뒷걸음질하며 날아가 버리면

그 자리 그곳
여태 떠나지 못하는
절름발이 사랑

한없이 다가와
가슴 울리는
전율처럼

이젠 바람에 흔들리지 않고
아름다우면 아름다운 대로
초췌하면 초췌한 대로
얼싸안고 살아간다

가슴 화알짝 열어
쾌청하고 유난히 빛나는
오늘은 맑음.

사랑비 1.

봄바람이
생글생글거린 창가를 두드리면
홍조 띤 행복이
빼꼼 얼굴을 내밉니다

소리 없이 찾아드는 미소가
얼어붙은 마음을 따스함으로 가득
채워 줍니다

언제나 그렇듯
그 자리 그곳에 머물지만
설렘으로 흠뻑 젖어
바보처럼 기다림을 배웁니다

손가락 사이로 깍지 낀 온기가 파고들어
바들바들 흔들리는 맘을
지탱해 줍니다

눅눅하고 나른한 시간도
산책길을 사랑꽃 피워
아름다운 공간으로 바꿉니다.

동동주

휘이익 돌고 돌아
걸쭉한 푸념 한 사발 들이키니
접혀 주름진 마음 펴고 일어나
비 맞은 노을에 걸터앉아
눅눅한 사연 맞장구치며 상긋상긋

흰 빛깔의 이슬도 아닐진대
상큼한 알맹이가 온몸 더듬으며
미처 적시지 않아 목마른 맘 구석에
촉촉이 굴리며 멈칫 바라본다

조금은 서툴기도 하여
삐뚤게 엇박자인 세상
어찌하겠노 두들겨 패서라도
함께 갈 수밖에 없는걸

얼룩진 흔적 들이키며
취해 비틀거려 바람에 부축 받는다
해거름 텅 빈 공간에
한마당 풀어헤치고 멍석 깐
여명이 찾아들어
한 모금 더 들이킨다.

청포도(자화상)

나지막한 웅덩이에 뿌려져
조심스레 둥지 튼다

바람 불면 넘어질세라
비 오면 젖어 떨어질세라
조바심 더해져 가슴 한구석이 멍진다

바람 소리 휘파람 되어 울려 퍼지고
빗줄기 내려앉은 곳에 함께 여울져
잎새 사이 새어 나온 빛 들이키며
방울져 웃고 있다

싱싱하게 더해 가며
튼실한 푸른빛 알알이 맺어 여물다
허기진 옆자리 둘러보며
어둠에 갇힌 마음 깨워
두 손 잡고 말없이 어깨동무 한다

때론 여물지 않아
비집고 나온 공간에서도
넉넉함 잃지 않으며 웃을 수 있는
한 가닥 멋쩍은 미소에 여유 담는다

가다 보면 지쳐 매달린 바램도
토닥인 어깨 되어
여름 안에서 톡톡 퍼진다.

3장

빗소리

언제나 그 자리
다가서지 않아도 느낄 수 있고
만지지 않아도
전해져 오는 그리움

비 마중 1.

이름 없는 하얀 날
가슴 한구석이 휑한 보고픔으로 사무쳐
무작정 걷는다

추억의 그림자 속으로
툭 치고 지나가는 그리움이
아련한 한 페이지로 밀려온다

흐물흐물 펄럭이는 마음 한켠에
아릿한 잔주름 더해 가는
시간

휘늘어져 움트는 거리를
기다림과 함께
걷는다.

비마중 2.

당신 생각하면
수척한 시간들이
살아 숨쉬듯 발돋음 칩니다

흙탕물에 뒤집어쓴 것 같은
씁쓸한 추억의 언짢음도
위로하듯 내려앉습니다

오늘은
유달리
맘이 아려옵니다

회색빛 도화지 속에 갇혀
말없이 서 있는 당신 보며
부끄러움을 배웁니다

그림자 되어
세상의 어두운 욕망을
홀로 씻기고 있는 당신

이제야
내 가슴에
내리고 있습니다.

비마중 3.

산기슭 따라 한참 가다 보니
안개 바람 깔린 촉촉한 나뭇잎 사이로
스멀스멀 걸어오는 아련한 모습에
콩닥거림 애써 잠재운다

그리움이 길어서일까
붉게 달아오른 볼 위에 앉은 솔바람
잔잔한 미소 건네며
등 떠밀어 준다

서서히 다가서는 설렘이
그에게 와락 안기더니
떨리는 맘 훔치기라도 하듯
슬며시 스며든다

흠뻑 취한 듯 더듬으며
움직이지 않는 허리춤 살포시 안더니
발자국 소리 타고 날아든다.

비와 째즈 1.

창가 너머 잎새 어슬렁거리더니
오라는 이는 오지 않고 된바람
넘나들며 텅 빈 오후 시끄럽다

행여 그 길 타고 오지 않았을까
한시도 눈 떼지 못하건만
정녕 모르는 것인지

한 줄의 시만 강과 산으로 오락가락
엉켜 버린 시간 풀어 헤치며
바람결 타고 올 생각에 두근 두근

지난밤 버들잎 타고 날으며
발 맞추던 공원길이 쓸쓸해 보이는 건
한 가닥의 보고픔으로 물들어서일 게다

아련한 그리움 촉촉이 안아
살며시 발등에 올려놓으며
데려간 그 길.

비와 째즈 2.

미적 미적한 걸음걸이
어디로 가야 그리움 달래며
그대와 춤 추어 보려나

잿빛으로 수놓은
구름 어귀에 있을 것 같아
뛰는 가슴 들킬세라 발걸음 늦춘다

흐트러진 매무새도 가다듬고
떨리는 입술에 살굿빛 바르며
한 발 한 발 다가선다

수줍음으로 물들여질 무렵
파아란 우산 속으로 내비친 어깨 위에
툭툭
전해오는 체온이 전율처럼 퍼져
움직이질 못한다

기다림 속으로 겹겹이 쌓인 마음
스르르 녹아내려
어느덧
우직한 몸짓의 하얀 손이 이끄는 대로
서투른 스텝에 취해 나를 놓아 버린다.

뒷모습

겉치장에 바쁜 하루가
다소곳이 인사한다
"참 예쁘다, 어딜 가니?"
평소처럼 새침히 윙크하며
바라본 민경이 말한다

실실 웃으며
창문 너머 담장에 걸터앉은
빗방울이 끄덕이며 내려와
찌든 세상 뒤범벅인 골목길
묵은 먼지 씻어 준다

두근두근
온몸 휘감는 설렘
옷자락 적시며
파란 우산 속으로
슬며시 들어온다

빗장구 치며 스며든 자리
청명한 유리알처럼
톡톡 발길 스치며 속삭인다
"너의 뒷모습도 참 예쁘다."

사랑비 2.

불혹의 길목에서 서성이다
타오르던 청춘도 저만치 가고
늙은 노을도 손 저으며 가 버리고
우수에 찬 하늘 아래
우두커니 홀로 서 있다

바람처럼 소롯이 젖어 들어
비어 있는 마음속 둘러보며
애잔한 손길로 소담소담
뭉클함 가만히 놔 두고 간다

외로움 돌려가며 회색으로 칠한 뒤
흐트러진 시간 제자리에 세워 두고
젖은 심장 안고 닦아 준다

하얀 그리움 휘휘 저어
마른 마음 덧나지 않도록
아름드리 덧칠한다.

정동진 아침

선잠 주섬주섬 담아
하얗게 물들인 밤

오무라진 온몸 깨우며
다다른 곳

살 에는 눈보라 속 거기
두 갈매기가 지평선 맴돌며
끼룩끼룩 마술 건다

모래시계 위 한 척의 배마저
집시들 앞에서
아무 말 하지 못한다

두려움도 아쉬움도 저 멀리
바라만 보아도 휘감는 전율이 맴돌아
하나의 빛줄기 속으로 쏟아져 내리고 있다.

버려진 우산

비바람 휘몰아치는 길가에
지탱하기 힘든 야윈 목선 드러내며
떨고 있는 작은 풀꽃 받쳐 주는
애처로운 사랑을 본다

누구 하나
거들떠보지 않는 그녀 손길이
그에게는 더할 나위 없는
포근한 안식처다

바람에 치맛자락 찢겨
구멍 난 옷깃 사이로 행여 빗물 들지 않을까
이리저리 옮겨 가며 받쳐주는
안쓰러움 느낀다

뭐가 그리 좋은지
젖은 풀등 바라보며 힘겨움도 잊은 채
웃고 있는 바보스런 미소가
행복이라 말한다

한때는 멋지게 뽐내며
충장 거리 주름잡고 연인과 걸었을진데
버려진 아픔 삼키며 돌고 돌아 머무는
그리운 자리다

언제 떠날지 모를 이곳
이 비 그치기까지 바라기 되어
혹여 잎에 상처 입지 않을까 막아주는
빛바랜 당신이 너무 아름답다.

비

빈 거리 사이로
마중나온 듯 웃음 짓는
가냘픈 당신의 몸짓
설렘으로 다가와 파도칩니다

멈춰 버린 시간 위에
서 있는 내게
투우둑 투둑
튕겨 나올 것 같은 가슴

저편에서 밀려 떠돌며
내동댕이쳐진 잃어버린 시간
되돌려 주려는 듯
주위를 맴돕니다

촉촉한 미소가
잔잔한 속삭임이
어쩌지 못하고
말없이 가나 봅니다.

25시

쏜살처럼
하루가 넘어선다

까칠한 눈망울
비비기가 무섭게
돌고 돌아 다시금 제자리

저편서 들려오는 발자욱 소리가
지칠 줄도 모른 채 잉글어져
굽은 허리를 펴게 한다

어머,
놀란 소리에
쪽잠이 시치미 떼며
고개 갸웃거린다

그 몸짓이
마치 누굴 말해 주듯이

두 팔을 번쩍 든다
또다른 오늘을 노래하며.

아침 인사

언제나 그 자리
다가서지 않아도 느낄 수 있고
만지지 않아도 전해져 오는 속삭임

하염없이 흐르다
헤매는 몸짓 일으켜 세워
힘찬 노래 들려준다

더 세차게 불러다오
가슴에 콸콸 넘칠 때까지
온몸이 못내 사무치도록.

비 오는 날

지친 차창 속으로
배시시 웃으며 내려앉는
당신

얼룩진 상처 치유하듯 스며들며
한없이 울어댄다

망막하게 비어 있는 상한 마음
버거워 헤매는 젖은 생각
그리움에 날려 흩어진 흔적도
한 줄기 빛으로 어루만진다

푸르디푸른 미소 머금고
환하게 다가오는
당신

쓸쓸한 뒷모습 감싸 안은 손길
함께 느낄 수 있어

이젠
외로움과 걷지 않아서
당신이 참 좋다.

봄비 2.

어디쯤에서 찾아왔는지
볼그스레한 얼굴 위로 향수 뿌리듯
연분홍 마음속 퍼트리며 내려앉은 너

밉지도 않는 것이
곁도는 먼지 걷어 버리고
구겨진 주름살 펴 주려 이리 내리는 너

행복 머금고 찾아들어
사랑을 내려주고
난 그런 너를 품고 환한 미소 뿜어내며
하늘거린 벚꽃 아래 함께하는 너

젖은 바람 소리 가슴팍에 밀려와
망울진 눈물 닦으며
꽃비 내리는 투명한 이 밤
맺힌 인연 속으로 하염없이 걷는 너.

가을비

어둑해진 빈 거리로
힐끗 쳐다보며 마중나온 듯
설렘으로 다가와
톡톡

더이상 움직일 수 없이
멈춰 버린 시간 위로
톡톡

저편에 밀려 내동댕이쳐진
두근거림마저 다가와
재잘거리며
뭉클한 재회를 질투하는 듯
톡톡

텅 비어 버린 수척한 마음에
무심코 지나쳐 버린 허연 마음에
촉촉한 사랑을 심어주듯
톡톡.

비 내리는 흑산도

보일락말락 십이굽이 고갯길을
바다향 가득한 산바람 목에
두르며 한두 발씩 넘어서면

흑빛 바다 삼켜 버릴 듯
다가서는 해우가
촉촉한 살결 맞닿아
통통이는 마음 숨죽이게 한다

구불구불 똬리 튼 사이로 내민
수많은 세월에 묶인 바람돌이가
질투라도 하듯
토라진 손길 거칠게
그리움 남긴 채
수평선만 바라보고 있다.

겨울비 1.

오늘은
그대랑 사랑하고 싶어지는
뭉클한 날입니다

하루종일 겨울을 울리는
그대지만 왠지
안쓰러워지는 것은 왜일까요

엊그제 오르던 무등산
줄기가 등허리 쑤신다 하더니
그대 때문이었던가요

얼마나 외로웠으면
딱딱 숨막히며 꿈틀거린 노오란 복수초에
생명수 넣어 주나요

어깨 두드리는 느낌조차
왠지 사랑하고 싶어지는 날입니다.

겨울비 2.

비췻빛 그리운 조각들이
눈시울 적시며 어슬어슬 찾아들어
덩그러니 앉습니다

오지랖 넓은 당신
떠돌다 지쳐 있던 겨울에게
산책하듯 얼싸 안고 걸어가는 뒷모습
미워할 수 없는 그대입니다

어디로 가는 걸까
홀로서기는 보이는데
여기 앉아 있는 바라기는 보이지 않는지
울컥함이 또르르 흘러 내려
쓸쓸한 오후 빈자리를 구슬프게 합니다

창문 두드리는 소리
당신인가 싶어 잽싸게 열어 보니
겨울바람의 멋적은 미소뿐
이끌고 오기라도 하듯
내민 손 얹어 주고는
홀연히 사라져 버립니다.

빗소리

창가 너머
비틀거린 가로등 지나
아침 여는 당신의 목소리

심장 뚫어 뼛속까지 속삭이며
기다림으로 목마른 마음 한켠에
파고들어 후빈다

언제나 그렇듯
허허로운 웃음으로 바라보며
퍼져 누운 게으른 시간을
흔들며 부른다

순간
거치른 기지개 켜며
파닥거리는
나의 발걸음

텁텁한 입술에
회색으로 물들어 갉아먹힌
상흔을 씻어 내리며
당신의 뒤를 따른다.

꽃비

새벽녘 날아가는 침묵의 꽃잎이여
매달린 눈물방울 한소끔 등에 태워
머나먼 님 계신 곳에 구름 타고 뿌린다.

폭우

지리산 등줄기 타고 줄줄이 늘어서
긴 머리 휘날리며 푸른 향 내뿜는
버들잎의 가녀린 손끝

찌푸려 주름진 백일홍도 힐끗
바람결 속삭임에 무거운 고개 든다
갈구하는 목마름에 한 줄기 흔들림이
한여름의 외로운 적막 깨운다

어디서 들리는 듯 날카로운 시선
창피함도 잊은 지 오래
흐르는 계곡에 넓적다리 담그며
한없이 퍼붓는
햇살의 버거운 사랑 힘들어질 무렵
누군가 닫힌 맘 두드리며 다가선다

시원한 모시옷 폭포수에
삽시간에 맘 빼앗겨
하얀 열두 폭 치마 둘러 주며 안는다

외로운 가슴 적셔 주는 몸짓으로
마른 심장 뛰게 하고
나풀거린 치마 속에 내비친 속살
퍼부어대는 사랑 속에 잠긴다

어둑한 골짜기에 흐노는 달빛만이
애타는 시간 속에 숨어
그리움의 눈물로 밤하늘 가린다.

비와 동행

톡톡 토도독
해질녘 올가미에
가엾은 손 내밀며 두드린다

아무도 들어 주지 않아
촉촉한 눈물 흩뿌리며
가슴팍에 파고든 외로움 감싸 안다
흐르는 사연으로 떨어진다

토오옥 톡 톡톡
어딘가에 머무를지 모를 그림자 뒤에 숨어
찢긴 속울음으로
울어 주는 몸짓 마냥 곧기만 하다

떨어지는 아픔만큼 맘 녹아내려
지쳐 버거운 갈증마저 일으켜 세운 당신

톡톡 토도독
이젠 어느새 하나되어 버린 우리
같은 방향으로 말없이 걸으며
흔적 훔쳐 주며 소리 내어 웃는다

누구도 듣지 못할 사연
가라 오라 당김질하여 스친 옷깃에
덧바른 눈물자국 씻겨 내리며 속삭인다.

우산

한참 걷다 보니
너와 나의 가리어진 벽을 본다

풀숲에 기대어 바라보는
비의 창백함도
긴 겨울 뚫고 일어서는
목련의 하얀 날갯짓도
보이질 않고
오롯이 앞에 떨어지는
눈물만 보인다

때로는 나뭇잎 사이 새어나오는
한 줄기 빛이 그리웁건만
가로막는 치마폭이 차갑게 나풀거린다

속내음 들켜 버린 몸매가
애처로움 달래며 흐르고
마른 가지의 벌거벗은 속마음도 흐른다

노랗게 자리한 상흔의 풍경
숨기고 싶은 마음 시시각각 덮어 준다
왠지 오늘은
그곳으로 돌아가고 싶다.

4장

. . . .

마음 적신다

묵은 추억이
서서히 다가와
잡히지 않은 젊음과
마주하는 시간

달빛 아래 그네

잊혀져 가는 여인의 구두 소리
좁은 골목길 흔들림 되어
다가서지만

쇠락의 뜨락에 잠든 시간
그리움 깊어져 벽화 속으로
추억의 메시지 보내는 돌담 사랑
외로움 이겨 내고 발돋움한다

도심지에 밝혀진 불빛 부축 받아
외발로 올라가던 골목길
굽이진 다리 펴게 하고
별이 뜨고 지는 달동네에
청춘 풀어헤친다

허덕이며 마주하는 입김들
차가운 마을 곳곳에 자리잡고
연분홍 살구마냥 내일을 발산하는
웃음꽃 되어 솟아오른다

시원한 발산 내음에 숨 고르고
쓸쓸한 빈집 위에
입맞춤으로 설레던 시간 끄집어내
다시 올 기다림 곱게 덧씌워
둥근 달빛 손잡고 고즈넉이 앉는다.

살아온 길이 왜 이리 힘든겨

산등성이처럼 굽어진 등에
세상살이 가득 싣고
신작로 걷는다

홀로 가는 길
지팡이 손목 꼬옥 잡고
또박또박 한 걸음씩
삶 주워 담는다

반쯤 걸쳐진 허리춤의
몸빼 바지가 흘러내려
잠시 쉬어가려는 듯
배시시 웃는다

곱게 말린 고구마줄기, 토란잎
도라지 잘 있나 만지작이다
세월만큼이나 닳고 주름져
군살 배인 손끝으로
주섬주섬 포대에 동여맨다

구겨진 쌈짓돈 세고 또 세며
돌의자 걸터앉아
좌판에 구성진 미소 깔고
새침한 나물 선보이며
호주머니에서 손수건 꺼내
자꾸 마른 눈물자국 닦는다

어김없이 오늘도
낡은 지팡이 하나
노파 곁을 지키고 있다.

낡은 앨범

허름한 누더기 걸치고
감기 걸린 듯 재채기 연발하며
책꽂이 귀퉁이에 기대어 바라보다
먼지 헤치고 다가선다

한때 주름잡고 졸업식 누비며
여고생 가슴팍 도려내듯
춤출 때도 있었건만
지금은 귀퉁이에 서 있다

언제 봐도 변치 않는 마음
닳고 닳은 사랑만큼이나 정겹다

두 갈래 여물지 않은 청춘도
잃어 버린 이십대 설레인 낭만도
앙증맞고 풋풋하게 웃고 있다

묵은 추어이 서서히 다가와
잡히지 않는 젊음과 마주하는 시간
잔잔한 윤슬되어 빛난다

떠나던 첫사랑의 애틋한 수평선이
또 다른 붉은 사랑을 태운다

돌이킬 수 없이 가로막혀 있는 곳
허물어져 가는 사연 끄집어내
잊혀 가는 쓸쓸한 세월 달래 보며
속타는 술 한 잔에 흔적 채운다.

미망인

닮소리 없는 울부짖음에
하이얀 그리움 사무쳐

따스한 숨결 찾으려
허우적거리다

앙상한 몸짓은
아픔으로 서 있다

저 멀디먼 험한 길
다 짊어지고
어이할꼬 어이할꼬

외롭고 가녀린 길
다 짊어지고
어이할꼬 어이할꼬.

길 잃은 마음 일기

딱 한 잔에 님 그리워 두근 두근
겨우 두 잔에 설렘 안고 콩닥 콩닥
세 잔에 타오른 가슴 활활 활활.

잃어 버린 시간

세월의 줄다리기가
점차
팽팽해진다

느슨한 손놀림이 가해져
팔목 시림이 전해 오고
숨가쁜 시간이
두 손 잡고 쳐다본다

시름에 끌려가지 않으려
몸부림치며 버텨 보지만
취한 듯 비틀거린 마음
굽이진 생의 물결에 떠밀려 간다

먼지처럼 두툼히 쌓인 티끌이
두 눈에 맺힌 서러움 되어 일렁이는데
어디선가 날아든 바람 소리
눈물방울 훔쳐 달아난다

떠밀려 가는 뒤꿈치가
힘껏 한 발 당긴다
흙먼지 두려워 내동댕이친 분침 털며
째깍 째깍 웅크린 시간 편다.

기분 좋은 날

가슴 한 켠에 접혀 있던
웅크린 마음 펴니
눈 먼 섬처녀 혼이 담긴 창소리처럼
보리피리랑 어울렁 더울렁 떠다닌다

노오란 올레길 한복판 돌담 아래
뒷춤에 드는 노파의 탱탱한 사랑처럼
파란 바람결 타고 날아오른다

막걸리 한 사발에 녹는
봄의 왈츠 한 소절
그 흔적이 반달 눈가 펴게 한다

뒤엉킨 자리 걷어낸 처음 그 자리
한 땀 한 땀
메꿔 돌리고파 애태운다

꼬여 가는 홍조 띤 걸음조치
출렁이는 연둣빛 가락 연거푸 들이키며
바스락거린 그리움에 눈길 머문다

조각조각 흩어져 버린 묵은 시간 꿰매며
기약할 수 없는 아쉬움 내려놓은 채
훌훌 털고 발길 옮겨 딛는다

황톳길 아래
스르르 거품처럼 잊어져 가는
송화 노랫가락의 북채 두드리며.

연평도

황해도 남쪽 해안마을
언제나 여유로움 즐기던 그곳에
불타오르는 하늘을 보았다

찾아올 뱃사공 기다림에 목메인
해병의 보고픈 어머니의 얼굴도
보았다

한재 올리며 먼 길 떠나야 하는
꽃게잡이 어선 풍악소리도
보았다

이유 없이 해안포의 수십여 발
사랑하는 이 이름 석 자
부르는 소리도
보았다

허락되지 않은 온 가슴
찢겨지고 부서진 채 토해내는
눈물도 보았다

목에 굵은 핏대 세우며
애타게 불러도 누구 하나
들어주는 이 없어
홀로 보듬는 상처도
보았다.

등대

바다 끝자락에서
외로움 배운다
해풍의 질책에도
아랑곳하지 않고 덩그러니 서 있다
하늘보다 더 짙은 바다 품고
너그러운 마음 베풀며 초행길에도
늘 한결같이 바라보고 있다
고즈넉할수록 진하게 내뿜는
듬직한 빛 자락
길잡이 되어 준다
얼어붙은 심장도
붉은 외투 챙겨주며
먼지 쌓인 시간도
눈물로 허우적대는 안녕
돌고 돌아 잃어버린 사랑의 시작점마저
말없이 찾아 준다
유혹하는 바람의 스침
콧등의 셀렘에 기대어
뜨거운 전선으로 나간다.

가족

생각하는 색깔은 달라도 함께하는 마음은 하나
가는 길은 틀려도 되돌아오는 길은 한 곳
울퉁 불퉁 꾸며가는 삶의 모양은 달라도
가슴앓이 쓰다듬은 손길은 늘 따뜻하다.

그림자

땅거미 질 무렵
나릿물 따라 묵묵히 걷는다

작달막한 키에 볼품없어 보인 매무새
찌뿟한 맘으로 걸음 재촉하며
징검다리 건너다 곁눈질로 보니
다리 걸치고 물속의 초승달과 정담 나눈다

쓴웃음 지으며 돌아오는 길
쉬어 가라 발목 잡고 서 있는 그를 보고
쫓기듯 살아가며 가려진 나를 본다

바닥에 붙어 버린 애잔함이
그리움 에워싸며 바람이 깔린 자리에
풍파 막아내고 꿋꿋이 감싸 준다

외투 안에 서성이는 가슴도
안달하는 갈망 부끄러워하며
낮은 자세로 숙연함 예찬한다

가로막고 있는 저 밑
울부짖는 함성이 들썩들썩
얼어 버린 자만심도 꿈틀꿈틀

한 그루 소나무보다
더 우직함으로 따르는 그를 보며
하얀 미소 머금는다.

하루 마지막 십 분

숨가쁜 시간이
하루 끝과 마주하며
긴 한숨의 입꼬리 살포시 올린다

남은 몇 분이 아쉬운 듯
안타까운 시선으로 쳐다보지만
여백의 쉼터일 뿐

그 공간으로
헐거운 시선 따돌리고
미소 짓는 지금

허전한 옆구리 사이가
쿡쿡 찌르던 흔적도
한 발 뒷걸음질하며 바라본다

깨질세라 터질세라
꼭 안고 가꾸어 온 마음 한 켠이
언젠가부터 주름지기 시작한다

다릴 수도 없는 세월
겹겹 쌓이다 지표 되어
또 하나 빗금 긋는다

마음이 치유되는
휴식의 종점에서
화장기 없는 민낯으로
내일을 준비한다.

사랑아

어디메 숨어
실눈 뜬 채 보고 있는가

추억 태워 구름 따라
먹먹한 이내 마음
훔치러 왔는가

전깃줄에 대롱대롱 매달려
떨어질세라 조인 눈동자 속에
잠기려 왔는가

숨어든 그리움
터지지 않게 조심스레 감싸며
눈길 속에 넣어 두었는가

바람 타고 젖어들어
따스한 품 안에
잠들었는가

몰래 찾아 헤이며
스르르 요동치는 마음
진정시키려 왔는가

돌아보면
늘
함께해 온 너.

풍차

밤하늘 못다 한 이야기 소리
고개 들어
풀벌레 합창 이끌어 주며
서 있다

거대한 날갯짓 퍼덕이며
잃어버린 시간도 제자리로 돌리며
힘겨움도 외로움도 날리며
그 자리 그곳에

시시때때로 변하는 세상과 등진 채
텅 빈 자리도 아랑곳하지 않고
솟아오른 어깨 사이로
하나의 원을 그려 간다

움직이면 움직일수록
커지는 그만의 공간에서.

어른이 된다는 건

삐악 걸음으로
품에 안기던 작은 어깨
어느덧 세상 품으며
반기는 여인이 되었다

징징대며 땟물 마시던
어리광쟁이
사랑하는 이에게 웃어 주는
행복꽃으로 피었다

미니스커트 아슬한 곡예사
보랏빛 스카프 휘날리며
뭇 사내 가슴 뛰게 하는
사랑꾼 되었다

톡톡 터지는 새침데기 여드름이
멋스러운 향기 날리며
꽃동산 색칠하는
주인공 되었다

언제까지 곁에서
버팀목처럼 말동무 되던
종달새일까

이젠
저 무지갯빛 아래서
새 둥지 틀겠지.

둥지

세월이 가픈 숨 고르고
그리움 뽀얗게 비추며
묵묵히 바라보는 세월 속
촉촉한 사랑이
저마다 빛 되어 타오른다.

들녘에서

초록 이슬 품고 서성이는 아침
보고픔 흔들거리며 미소 짓는다
외로운 시간 삭히려 눈물 짓는 밤새
옭아맨 그리움 가슴속으로 스며든다.

안경 너머

작은 창 밖의
별세상

몸부림에
허우적대는
아우성만이
메아리쳐 온다.

낡은 오토바이

조그마한 골목길 가로등 아래
세 등불 모아 모아 하이얀 꿈들이
슬며시 날아와 앉는
새벽마저 곤히 잠든
시각 유난히 빛 발하는
그대

하루의 신호탄 올리듯
굽이굽이 접은 허리
펼까 두려운 듯
한숨을 친구 삼아
차츰 영글어가는
그대

초췌한 모습 가냘퍼도 큰소리 울리듯
이루지 못할 빛바랜 사랑 보듬고
넘실거리는 추억 새기며
세상으로 나아가는
그대

머언 훗날 아무도 찾지 않아
구석진 모퉁이에 홀로 기대
서성이며 기다림에 목메일까
못내 아쉬움에 가슴 풀어헤진
그대

모든 것 다 주고 또 주고도
아쉬운 맘 찾으러 이리저리 헤매며
발에 등 달아 어둠 밝혀 지켜 주고픈
아린 가슴 그 무엇으로도 채울 수 없는
그대

바퀴 따라 돌고 돌아
설렘 녹아 은빛 가른다 해도
가느다란 실오라기 한 가닥뿐일지라도
사랑하였으므로

두 손 허리춤 꼬옥 잡고 하나 되어
달빛 위로 한없이 동동 구르며
힘차게 달리는
그대.

개망초

강둑 언저리
안개 스멀스멀 드리운 곳
폭신하고 아늑한 안방 차지하고
자욱한 하늘 쳐다보는 풀꽃 사이로
희미한 눈망울에
별빛 내려앉는다

톱니바퀴처럼 돌고 돌며
촘촘히 수놓은 노란 통꽃 둘레
치맛자락 나풀거리며
다리 살짝 내어 주고 누우라 한다

이리저리 맴돌다 어기적어기적
바람 따라 스쳐지나간 사연들
풀어헤쳐지지 않게 동여매
뒷자락 심는다

흔적 새기며
언제 다시 올 추억들 노래하며
피우지 못한 사랑 지핀다

고운 마음 싹 틔워
한데 어우러져
산모롱이에
아웅다웅 하얀 섬 앉힌다.

가로등 아래

외로운 불빛이
어슬렁이다 가는 낙엽들과
노닐다 떠난 자리
발자국마저 쓸쓸히 빗질한 거리

연인들의 떨리던 입맞춤도
촐랑이는 강아지랑 다정한 산책도
아버지의 비틀거린 버거움도
여고생 깔깔대는 웃음의 메아리도
사라진 지 오래
퍼덕이는 하얀 눈발도
이젠 가물가물 기억나지 않는다

행복하고
쓰라린 아픔의 아쉬움 남기며
뼛속까지 시리게 한
팔에 문신 새겨
제 것인 양 맴돌며
기약 없는 만남으로
돌아선 지 수년

지금은 보잘 것 없는 이름으로 서서
정겨움으로 가득한 그날 떠올리며
추억의 빛으로 그리움 달랜다

이 밤도
안간힘 쓰고 희미한 등 밝히며
청춘을 노래하는 눈꽃 사랑 기다린다.

시평

· · · · · · · · · ·

문학박사 박덕은

한실문예창작 지도 교수
아프리카TV BJ
전 전남대학교 교수
동화작가 · 시인 · 화가
소설가 · 문학평론가

정순애 시인의 시사집 출간을 축하하며

청포도 정순애 시인은 시인으로서, 사진작가로서 지금도 활발한 활동을 하고 있다. 한국사진작가협회 회원, 빛고을사진문화포럼 이사, 한국미술협회 회원, 한국미술협회 추천작가로 바쁜 하루 하루를 보내고 있을 뿐만 아니라, 시인으로서도 그 힘찬 발걸음을 내디디고 있다. 광주광역시 문인협회 회원, 광주광역시 시인협회 회원, 한실문예창작 회원, 둥그런 문학회 회장으로도, 또 민족통일광주광역시협의회 부회장, 포아트사진동호회 부회장, 국제로타리 회원, 광주상무로타리클럽 회장, CBMC 광주지회 회원으로도 열정을 쏟고 있다. 뿐만 아니라, 시낭송가로, 또 그린출판기획 대표로서도 분주한 일상을 꾸려 나가고 있다. 그 열매로, 광주광역시미술대전 최우수상과 특선 3회, 한국관광공사 대한민국 공예 사진대전 우수상, 광주매일신문 사진대전 특선 2회 등을 수상한 바 있다. 자, 그러면, 지금부터 정순애 시인의 시 세계로 들어가 보자.

밤새워 외로움 키우며
홀로 매달려 있는 영혼의
애처로움 물끄러미 쳐다본다

가녀린 생각들
가을 속으로 떠날 채비하고
젖어서 힘겨워 날지 못하는 친구들
어디론가 추억 찾아 발걸음 재촉한다

한 줌의 흙 되어
이름 없는 풀꽃과 새로운 인생길 찾아갈지

죽음 기다리는 사람에게 희망의 매듭 묶을지
내일이면 뭉클한 시간으로 바뀔지 모른다

멋쩍은 웃음 지으며 잡을 듯 말 듯
놓지 못하는 안타까움이
먹먹하게 소용돌이치며 마음잡는다

한들거린 바람결에도 쉽게
처져버린 어깨가 안쓰러움 가시기도 전
버거움 감추지 못하고 고개 떨군다

뚜벅 뚜벅 노랗게 수놓은 거리 같이 거닐며
내민 따뜻한 손 위 살포시 내려앉아 잡은
손길이 한가슴 뛰게 한다.
– [마지막 잎새] 전문

이 시에서의 시적 화자는 마지막 잎새가 되어 주위를 돌아보고 있다.
밤새워 외로움 키우며 물끄러미 쳐다본다. 젖어서 날지 못하는 잎새
들이 어디론가 추억 찾아 떠난다. 한 줌의 흙 되어 새 길 찾아갈지,
희망의 매듭 묶을지, 멋쩍은 웃음 지으며 떠나간다. 한들거린 바람

결에도 버거움 감추지 못하고 고개 떨군다. 노랗게 수놓은 거리 거닐며 따스한 손길을 만나 가슴 뛰는 체험도 한다. 아주 작은 잎새와 한마음 되어 사색에 잠기는 시적 화자, 그 섬세한 감성이 독자들의 눈길을 사로잡는다. 감성의 파노라마를 통하여 현대인의 굳어진 마음문을 열 수 있다면, 얼마나 좋을까. 시의 특질을 만날 수 있어 행복하다.

창가 너머 비틀거린 가로등 지나
아침 여는 당신의 목소리

심장 뚫어 뼛속까지 속삭이며
기다림으로 목마른 마음 한컨에
파고들어 후빈다
언제나 그렇듯
허허로운 웃음으로 바라보며
퍼져 누운 게으른 시간을
흔들며 부른다

순간거치른 기지개 켜며
파닥거리는
나의 발걸음

텁텁한 입술에
회색으로 물들어 갉아먹힌
상흔을 씻어 내리며
당신의 뒤를 따른다.
– [빗소리] 전문

이 시에서의 시적 화자는 빗소리를 당신의 목소리로 여긴다. 그 목소리는 창가 너머 비틀거린 가로등 지나 아침을 여는 역할을 담당한다. 심지어 심장 뚫고 들어와 뼛속까지 속삭이며 기다림으로 목마른 마음 한켠까지 파고들어 후빈다. 때론 허허로운 웃음으로 게으른 시간을 일깨워 주기도 한다. 빗소리에 시적 화자는 비로소 기지개 켜며 파닥거린다. 갉아먹힌 상흔도 씻어내며 빗소리를 따라 나선다. 빗소리는 시적 화자에게 생동감과 존재이유가 되어 준다. 빗소리로 인하여, 시적 화자는 다시 깨어나 새 길을 걸어간다. 빗소리가 인생의 무기력함에서 벗어가게 해주는 원동력이 되고 있다.

당신
참으로 야속합니다

어느새
한들거린 먹구름 사이로
가녀린 몸 감추고
찾아오라 풍경 소리만 들려줍니다

당신 그 목소리
산사 뒷자락으로 부릅니다

덩달아 설렘 품고
안개의 올가미 하나하나 헤쳐가며
빼꼼 내다보지만 보이지 않았습니다

당신
애타게 그립습니다

당신 숨소리만 들어도
이 마음 춤을 춥니다
당신 사무침 꽃잎에 새겨
슬며시 추억 한 장 남겨 둡니다.
– [바람처럼] 전문

이 시에서의 시적 화자는 바람과 당신을 동일시 여기면서 하소연하
고 있다. 바람인 듯, 당신인 듯 끝까지 함께한다. 당신은 참 야속하다.
어느새 먹구름 속에 몸 감추고 찾아오라는 풍경 소리만 들려주는
당신, 산사 뒷자락으로 부르는 목소리, 설렘 품고 안개의 올가미
헤쳐 가며 내다보지만, 그 자취가 보이지 않는 당신, 그런 당신을
애타게 그리워한다. 당신의 숨소리만 들어도 춤추는 마음, 사무침을
꽃잎에 새겨 추억 한 장 남겨 두는 이 시간, 당신을 만나 사랑 고백
하고 싶다는 시적 화자, 그 애틋한 심경이 독자의 가슴에 부딪혀
눈물겹게 한다. 독자의 마음문을 소롯이 열어, 함께 슬픔에 젖게
하는 공감대가 자리하고 있어, 아주 사랑스럽다.

긴 겨울 홀로 지내다 기다림 참지 못하
고모퉁이에 찾아든 눈까비
말없이 빈 어깨 위 날아들며 기댄가 싶더니
조그마한 투명 우물가에 빠져 버립니다

부딪히는 소리에도 허전함이 울려 퍼져
감춰진 그리움과 함께
달콤하게 속삭이며 부딪치다
콧잔등 새꼬롬하니 불어대는 바람 한 점도
히죽대며 웃어댑니다

오는가 싶더니 사라져 버린
소심한 눈까비의 흔적 찾아
두리번거린 마음을 그 누구도 모른 채
하얀 내일을 목놓아 노래합니다.
– [소주 한 잔] 전문

이 시에서의 시적 화자는 소주 한 잔을 관찰하고 있다. 모퉁이에
찾아든 눈까비가 조그마한 투명 우물가에 빠진다. 부딪히는 소리에
허전함과 그리움이 함께 속삭인다. 콧잔등에 불어대는 바람 한 점이
히죽거린다. 소심한 눈까비의 흔적 찾아 두리번거리는 마음, 하얀
내일을 목놓아 노래한다. 소주 한 잔과 술잔과 시적 화자가 하나되
어 빚어내는 시적 형상화 솜씨가 아주 세련되어 보인다. 시의 묘미,
그 맛과 멋이 한껏 돋보이는 시라서, 독자의 마음을 흐뭇하게 해주고
있다. 의인화와 이미지 구현과 입체화가 어우러져 아름다운 시심을
빚어내고 있다.

겉치장에 바쁜 하루가
다소곳이 인사한다
 "참 예쁘다, 어딜 가니?"
평소처럼 새침히 윙크하며
바라본 민경이 말한다

실실 웃으며
창문 너머 담장에 걸터앉은
빗방울이 끄덕이며 내려와
찌든 세상 뒤범벅인 골목길
묵은 먼지 씻어 준다

두근두근
온몸 휘감는 설렘
옷자락 적시며
파란 우산 속으로
슬며시 들어온다

빗장구 치며 스며든 자리
청명한 유리알처럼
톡톡 발길 스치며 속삭인다
"너의 뒷모습도 참 예쁘다."
− [뒷모습] 전문

이 시에서의 시적 화자는 뒷모습에 눈길을 주고 있다. 겉치장에
바쁜 하루가 묻는다. 어딜 가냐고? 그때 빗방울이 담장에서 내려
와 골목길의 묵은 먼지를 씻어 준다. 그러자, 온몸 휘감는 설렘이
옷자락 적시며 파란 우산 속으로 들어온다. 빗장구 치며 스며든
자리, 톡톡 발길 스치며 속삭인다. 너의 뒷모습도 참 예쁘다고.
이처럼 감성의 여린 부분까지도 포착해내는 시적 화자의 눈길이
예사롭지 않다. 시의 눈길, 시의 눈빛, 시의 가슴, 시의 마음이 모두
이 감성의 느낌, 촉감을 소중히 여기며, 키워 가고 보살피며 보호해
주어야 한다고 강조하는 것만 같다. 빗방울이 묵은 먼지 씻어 주듯,
시방울이 세상의 찌든 때를 말끔히 씻어 주었으면 좋겠다. 지금까지
보아온 바처럼, 정순애 시인의 시적 형상화는 주로 비와 연관되고,
얘기되고, 소통되고 있다. 기타, 우리 주위에 흔히 있는 일상 속의
감성도 함께하고 있다. 그 어떤 소재든 이미지 구현을 통해 감성과
마주한다. 그 어떤 감성도 시적 형상화를 통해 바라보고 이해하고
해석하고 있다. 무엇보다도 섬세한 감성의 파노라마를 보여 주면서,

되도록 낯설게 하기를 시도하고 있다. 때론 격정적으로, 때론 낭만적으로, 때론 외로움에 찌든 눈길로 감성을 다루며 다채롭게 해석의 영역을 선보이고 있다. 지루하지 않게 긴장감을 적절히 가미시키며, 또 감각 이미지의 입체화, 또는 공감각을 통하여, 보다 선명히 시심의 세계를 표현하고 있다. 시의 특질을 보다 완벽히 구축해내고 있어, 시의 맛과 멋이 한껏 돋보인다. 앞으로 보다 치열한 현실인식의 토대 위에, 사회적 이슈, 문제점, 고질병 등이 치유되는 길, 우리가 나아갈 방향과 깃발을 꽂아 안내하는 시인으로서의 역할도 해주었으면 한다. 앞으로 나올 제2, 제3의 시집도 독자들의 꾸준한 사랑을 받았으면 좋겠다. 그리고, 시심을 여생 동안 잘 이끌어 가고 발굴하여, 보다 심도 깊은 시들을 창작하면서 살아가길 기원한다.

– 아름다운 결실 앞에 숙연해지는 겨울 바람을 맞으며
한실문예창작 지도 교수 **박 덕 은**

정순애 시집

「비오는 날이면 바람 부여잡고 시의 무등을 탄다」

인쇄   2021년 11월 20일
발행   2021년 12월 05일

지은이   정순애
사진   정순애
디자인   그린출판기획
표지캘리 글씨 연주자 김정미

펴낸곳   그린출판기획
        출판등록 2008년 3월 25일 제 359-2008-000072호
        주소   광주광역시 동구 백서로 117번길 3-1
        구입문의 062_222_4154
        팩스   062_228_7063
ISBN   978-89-93230-40-6